# 溫潤的季節風

王隆升　著

**在時空中留痕**



**隨浪湧動心情**

## 讓我凌空飛翔



## 釋放故鄉記憶

## 晴與雪的相遇

# 千禧裡的杜鵑花

花的杜鵑
撩撥春訊
自微酡而羞澀的赧赧中
頓悟
用熱情的溫度　嘩啦啦地渲染這城市
熱鬧的氛圍
佔領人間三月天

而氣象台早熟的預感
卻教綿綿之陰
攪出一季春雨錯亂
無情且放肆地失序　狂舞

那柔情精湛的演出
迅速落幕
終將斑駁成
泥濘中的　葉葉紅毯

我忘了她曾有著花的美麗
只留燦爛的曾經在記憶
咀　嚼　殘　語……

# 油菜花

即便是孤單
還有
碩美的可能

那一畝油菜花
只誕生在綠肥中的
小小方寸
卻
黃亮得像豐平盛世裡的
慶典
款款風來
搖盪都譜成一首清歌
越　唱　越　甜

柔我眼
以波浪般的影影綽綽
我心甘情願被
俘虜

# 紫色薰衣草

一境田色
自窗外移來

我挪移腳步和她會合
用所有的時間
掌握靜止
滲透心靈

那

招引風聞與鳥語的附和
輕輕淡淡的香
隨即轉鮮猶濃

一串串紫色音符把夏日訊息
傳遞得更耐聽
也洗滌
被喧鬧的情緒

薰衣草的笑顏迴響
在我構詩的日記裡

# 花情

春山
夏雲
秋水
冬月
彷彿　花才瞬間成為美麗的琴音
就毫不遲疑地
成為我
衣衫上的裝飾
風一和她交談
就把一身姿態託付給
　　塵土和冬泥……
於是我

暗傷花情
在季節裡
黯然時光的殘虐
落入煙愁的凝望中
然後
林蔭透冬陽
鳥語伴花香
心情走進盎然城堡
褪去黑影
拾起一片芬芳
讓歡愉生命醞釀……
放懷真情
種一朵花籽在心底
等待
重新綻放……

# 花語小箋

我，貼上
迷濛的雙眼
釣起一季
悠悠的浮葉
用讚歎
去守候
生命的隕落——

喘息的是讚歎之後的敏感
迴旋的是飛動之際的飄響

任　風傷透了妳的心
我也無法
做些什麼
　只能
以藍色的凝視
訴說
抖顫的心情

# 花語續箋

那些花　甦醒了……

盈袖的風款
把滿園子的清翠　吹出了音符
春天的定義
不必去找尋
就已經
讓　紅顏綠影
為我的雙眸
解釋

在春泥的版圖上讀到一回
早凋的花詩
拾起這一抹色彩
把她　配在胸前
當做一枚　勳章
也不管
三十歲的稚心
裸在時節與四季的
山水畫裏

# 桔子的成長記事簿

翻開
桔子的成長記事簿
輕輕地閱讀
盡是一絲絲酸甜的驚奇
被愛包圍的種子
瞬　間　獨　立　飄……遠……
去尋找未來的居所

我相信　不久之後
又能閱讀到更多的桔子記事簿

# 花與蝶

花海
成一片美麗的倩影
印在牆沿
是上天對自然的承諾
是世間絕美的恩賜

忽然慕起飄舞的彩蝶
無肆的飛凌圈住我的表情……
生命該一直是鮮活遨遊的圓曲
在花與蝶交會中
領悟

# 另一場序曲——花音

沒有聽到——那花落的音符
卻是
來了不及的　閉……眼……
瞳孔大放的滾動　只能
轉勻歲月與季節的約定與悠悠
用無奈去收拾這滿眼的落紅

我直覺地
悟——了——
那鋪地的殘花似醉　而
淌淚直流　沁入我早已有濕意的
軀體
誰能解救我　被釋放開的心痛？

是山鳥的翅
　振動我被禁錮的快樂吧！
是微風的清
　散了我暗入雲山的蒼茫心情吧！
你怎麼還能不心動？
在寧靜的空靈遠近裡……

一場飄逸的韻律表演
接續已被分解心痛的落幕
構築美麗的另一段序曲

# 春宴

我看到　山裏的木
被
群鳥的啁啾
動了情
湧出嫩綠的翠葉
當作
感謝的禮物

而微風也來參與聲情相約的盛會
時而飲天空贈予的清涼果汁
時而藉暖陽的溫潤熱心

豐足的春宴
開始了……

# 詠春

一樹紅桃
從時間之流裡
悄然地退了後
四月的地毯又鋪起了小翠的綠
呼應穹蒼
包裝春風風人的寧馨節候

妳的影子被陽光借貸
烙印在波瀲的水色上
順便為池塘的小龜遮蔭
而我的緩步輕移
參與這滿載詩雅的情節
心湖

圓成溫柔

如果歲月是首首串連而動人的笙歌
我想預約美感的未來
等待下一季的
東苑風荷

# 柳絮蘊春情——在東坡的水龍吟裏問心

在藍天色顏裡
跟蹤
似花還似非花
不願凋寂的
連綿絮語，
放縱她　夢隨風萬里
一彎一彎地
飄進
春意寫成的曠野和庭院
去探幽靜的繽紛，
卻
玩起遊戲來
恣意地

影
印
惆
悵。

忽然在風景的背影裏燃起——
燒成灰燼的音符
花也無覓
春也無覓
滴滴水珠從眼縫裏　悄悄地滾下
點點是
離人的眼淚……

# 雨後春晴

長空藍調得徹底
比昨日的雨淋還狂傲
一早晴語
喃喃催促猶濕帶露的埜色
迸發風情
柔暖純淨的溫度
喚醒花樣朵朵

久違的鷺鷥
著上一身白
自天外飛來一筆
趕了早
分享這靜極的熱鬧
雨後的晴朗
很春天

# 對風相思

那風
說什麼也不肯來了
怕被
晴陽的熱情給溶解，於是：

那鳥韻
忽然地靜默下來了
在蒸熟的光衣裏
無辜，就連

那峰巒流河　也
漸漸地沉睡起來了
遺忘生煙和激岩的響動

也寂寞山色和水影的
千種幽姿。

世界
竟燃燒成夏日焰火
煮沸成一鍋
滾燙的　歲事，
忍不住　吶喊——
對風相思。

# 邂逅

等待生命的季節
讓泥土去參與
幼年蛻變的歡愉……

白玉的蛹
晶瑩的光
旋轉亮麗的色彩
在時間的加法裏
蛻變……

蛹的初生
蛹的膨脹
蛹的羽化
蛹的出籠

在自然中飛舞
在空靈裏翱翔
照亮夜的燈籠
裝飾夜的黑幕
穿梭夏的涼風

於是——
稻田草叢間
建築起
光的陷阱
和你編織
美麗的邂逅

# 早秋

該給將秋的風
送上一份猶青尚綠的顏色
還是溫柔了一身的金黃？

而我還未定心決意
妳便向我叩訪而來
翩躚的身影
提了早向泥土與天地
詠懷一首
涼沁的交響曲

所有的圖色都著上音符
喁喁訴說著
早秋的幽情

# 秋收

誰説蒹葭的白露為霜
把秋風的澹雲染成唯一的畫冊？

旻天的晴晴
邀請光的遊子
嬉鬧在潺湲的水溪
我俯仰的眼睛
把季節的蜕變飲成醍醐

平原的采采
沉醉在陽光和雨露的護持裡
我無聲的吟詠
如斟一杯冰涼的酒

醉了夢

秋天的影子　已拓印在
飽滿的麥穗中
和著原野的風律
傳唱著穀香……

# 季冬

雕了滿眼的冬季
隨歲月的翅膀即將過渡到另一方的世界去
遊

想和他告別
誰知他卻
白了山
愁了心
飄了雪

只等待
霜韻的顏色勻淨
記載曾有的一瞬冷意

輸入我底記憶
不知怎麼地
內心的景象迴帶又前進
在綠與白的地帶遊走
久久不能歇息……

# 暖冬

那一片靜綠樹濃間
飛起悠哉的韻律
這也才知曉
冬天的腳步接收了秋晚的聲情
和著
夕陽或煙雨的霞光與蒼茫
飛進心裡盤——旋——
而
你怎能拒絕
流浪的北風和遊牧的小寒
在你身旁停留？

不如
把他們也一起溫暖吧！
在看似沉寂冷冷的
冬

# 愛在冬天

起風了
山嵐吹動了朵黑的雲際
葉……落……
舞……飛……

輕拾一片枯　種泥
埋藏一季寒冬　卻被天水喚醒

飄雨時節絲紛紛
心語糾纏
隔著窗户
和斜風微雨相對
守候無言　冷冰的暗傷

一瞬光影
變天雨的臉
也解凍
我心裡的雪
愛在冬天
暖暖的柔陽

# 冬與春的相遇

繽紛
纏繞芬芳
在春天的雲裳
亦如歌如樂般弦曲
牽引蝶的旋舞
參與
風中的邀約
和　雛鳥的共鳴……

且看——
煙花在綠園間遊走
造就
茫茫天地間

相逢的奇緣

當生命在冬與春交際的
關隘中
逡巡
懂得欣賞
落幕與開始的
往事與未來
也值得
廓然一笑

# 黎明

雖然
妳是月色
載了艘小小舟子
單純且淨潔
我還是自私地
在妳那一彎黑幕的寧謐擱淺中
堆垛　如山的
愁緒

直到妳
不耐煩地
在春夜的寒空裡亮出
兩朵星光

與我相逢
才啓動本已停止的音符
續彈詩與夢的美好

天黎明了
心也
黎明了

# 午後

午飯後的風
放逐雲去飛翔
在我凝視中來訪
熟悉的屋頂
積不了雲的堆垛
落起纖密的風暴
而牆腳下的草青只能危顫
農田的版圖全都隱晦了

雷管在空中作響
被藏匿的太陽
正準備用
穿越的姿勢

把水的激昂
瞬變為亮澤的
情節

停雨時節
火爐的夏炎化為塵
散
漫
消
失

卻停留在
我　的　詩　裡……

# 午後三點

風隨霧來
山水畫裡的蒼
雪染似地茫然了

在冷冷的冬日午後
拾階

步履的痕跡
短暫如十六分音符
方才踏碎的水激
在短暫分裂下
倏忽又聚集

旋我的身
三百六十度
霧色襲來得更烈
彷彿演奏
震撼交響曲
而覺冷的顏料加深　加深……
只想品一壺茶香
暖和這
午後三點

# 入夜

風勁了
雲飄了
鳥倦了
嫣紅抹抹了
山顛幽處
被太陽光芒啃噬的這道傷痕
是否適合用月光的柔填補？
或者
習慣用黑寂的簾幕掩飾？

那都不要緊吧！
只要是自然的洗禮
都是美麗
都是自在
而我
也就容有更多的期待
在未來的風景裡
遊戲

# 夜色

把夢寄託在飛鳥的翅膀
讓風的翔舞
去觸動渴望的輝煌
即使
太陽已走入山的背後
只留葉在夜裡窸窸窣窣地
話桑麻……

還有躍出一顆顆的銀光
熱鬧大地的風采
徘徊天宇
陪伴曳過的淡霧

這就是
鄉景啊……

# 歲月

歲月初始
把柔靜交給風浪去　悠悠
我循著聲河
任展示的清水在恆沙裡　瀲灩
順便讓心思飄逸
飛到山頂與流雲同坐
　　落到谷間和煙塵共醉
凝到夢裡與虛幻同遊
　　沁到海中和珊瑚共戲
把心思拉回來
方才的記憶　已經比棉絮還輕了吧
卻已在內心　深深

劃——成——烙——印——

倘若歲月是靜謐的永恆

我願把人生風景　交給美麗去

飄飄

# 滿天星

天風
送走白色雲絮
一瞬容顏
閃亮光子
佔領黯黯長天
滿☆
空☆
星☆
海☆
☆☆

這樣吧
泡一壺香醇的清茶　對夜舉杯

給細微幽緻的心靈　和星辰輝映
甜美地　珍藏永恆——

我想：啜口茶之後
用葉片拭淨天宇
只留晶閃的珍珠
鋪在眼裡
記憶的童年　甜蜜　歡笑
未來的好夢　愉悅　滿足
都幻化沁人微醉的
滿天星
☆☆☆

# 凝冰

那是碎了夢的夜晚
大地蠕動
驚起夜的鼾眠
屋簷和背負的瓦片就此鏗然墜下
墮落成傷心的裂痕
在層層堆積裡
摺疊出
血　的　憂　鬱
用哀號
紡織早已是黑暗的黑暗
泥鄉裡
盡是靈魂逐漸枯萎
上

升

變成了記憶……

夢　已　碎

那是冰了心的清晨
哭泣的呼喊被休止符譜停了頓號
音階
一片空白
即使無言　絕望　孤單
也無法拼湊殘破的荒涼攙雜詭譎
哀沉煮沸
在陽光抬頭卻飆起狂風的日子
心凝結
如冰

# 九二一週年

誰藏起一輪明月　在逝去的九二一
星空下的呢喃
變成黯淡的低吸與帶咽的斷續
鏗鏘的裂痕卻是最死靜的寂
一切脫了序

那黑色的記憶喲
什麼時候才會柔出一片
鮮白的雲朵？

還是選擇幽暗裡的墾荒
凋殘中的破土
把見證的四季
串起一段浴火重生的　芬芳
月色清圓
在未來的九二一

# 渴望蔚藍

溪水閃了腰
蜷如一彎新月
緩緩送寒
悄悄滴淚
靜默了煙雲
寧謐了季冬

你在起霧的頃刻間化為風
我在飄雨的轉瞬裡凝成雪
袖口的舞姿和曾有的婉約

只留背誦故事
在熟稔中
詮釋回憶
渴望天晴
渴望鬱鬱心河
耘出一片蔚藍

# 李白三章

盧山曉霧，
徐徐清風。
旭日抖落一身光暈，
在我呼吸的醉心裏輕灑。
看霧，霧正濃，
觀花，花朦朧。
（此刻的我，是酒醉的李白。）

西江楓紅，
晴空無雲。
似風吹松的琴音，
從綠影裏走出來，
洗淨我戴著漂憂的心靈。

看山，山碧綠，
觀水，水清流。
（此刻的我，是瀟灑的李白。）

明月初昇，
寒風冷冷。
寂寞的黑，
染傷我牽掛的淒清。
望月，月不語，
喚月，月不理。
（此刻的我，是孤獨的李白）

# 心底落雨——仰望黃鶴樓

看透了鄉愁，
攔不住
浪入雲際的
黃鶴
想念棄空而去的翅膀
用空靈寫情。
只等——
煙波迷幻
搭配
眼神的
霧影斑斕

晴川撫慰記憶的流河
終於
喚醒沉醉的歷史空闊
沉思拉著我
在廣漠的傷口裏　茫茫……
心
無法逃避
落雨的情節

# 轉變

像是那種
耕耘之後期待歡娛生命流程走進心扉
卻是
過門不入
崩潰了原本該飛揚的喜悅
剩下膨脹的符號在心底烙上疑問

也只好閉眼
用幻想去凝結已碎的悸語夢境
陷入落雪的輕愁

但這並非是浩劫吧
等待微微甦醒的心睜眼

遊走山雲寂靜恬淡與滲破雲翳的輝光
沐浴在春容的
濃香飄逸之間

我相信
期待已經征服了嘆息
在胸中種下新鮮亮麗的
香稻

# 在愛中淪陷

心情
關在抽屜裡
迴避所有通往悠遊節奏的道路……
後來
下定決心
拒絕牽絆的執著
學會了孤寂時拋開憂鬱的設想
衝破束縛
在藍天中釋放風箏

隱約
在心情中
發現
快樂的泡沫
佔領一切
我願意
心
在愛中淪陷

# 有情

也是無晴
風雨瀟灑　歇腳　來去……

之後
花葉滿園痕
用愛去親吻　那
灑落了一地的黯然
且揮別哀傷
慫恿枝葉
給太陽加溫
讓清風搖籃
教星月點心
被急雨敲碎的翠綠

就又
在雙眸裡
延
伸
了……

也是有情

# 約定

約了山　教她安撫我
滿佈落塵的　臉
我說——
低沈蒼鬱的風景　都被我收割了
心蝶不飛
心雲不流
心音不響
連夢也不知道往哪兒營造

妳說——
蓊綠蒼翠的圖畫　都被妳詮釋了
清風微微
清水淺淺

青草悠悠
連太陽也在林間和雲霧玩起
捉迷藏的遊戲

我決定——
約了希望　給他化個妝
抹去黯然的臉
在心裡劃一根弦
想像充滿色彩的顏
敲擊飛揚的
叮．噹……

# 飲一盅茶

那時　我用隨性的自由
走進文學情境
吸一吸清涼
聞一聞哀愁
看一看或柔　或剛　或翠綠　或蒼茫的
苔痕與花情
也只是不識愁滋味的年少輕狂
文人的孤獨依舊是文人的孤獨
古老的風景依舊是古老的風景
我還在現實凡間裏做毫無目的的
逍遙遊

這時　我用摸心的溫存

捕捉
今人的嘶鳴　與
奮飛的風采
也參與
古人的激響　與
敲鐘的暮風
彷彿在含情時空中佇立
任滿袖飄風微韻詮釋生命衷曲
也開始懂得
在初耕的春泥裡
種花

明日
我想在花發枝椏的欣悅裡
與　飄煙　遊雲　飛蝶　流風
暖聚
和少年赤心共譜人生純歌
用虔敬的風雅與矜持的盈握
聆聽天聲地籟
　飲一盅最甘醇的
茶

# 獻給媽咪

小男孩坐在窗前，
看那花朵嬌豔、
綠草如茵的庭園。
蜜蜂在花兒的身旁留連，
蝴蝶也起舞翩翩，
春風輕輕地拂過他的臉，
然後跟他道再見。

一陣狂風吹起，
雨也下得淅瀝瀝。
小男孩趕快把窗兒緊閉，
不禁說：
好可怕的天氣！

「快到我這裏，
親愛的小Baby。」
小男孩跑到媽咪跟前，
撲進她的懷抱裏。
「不要怕！
有媽咪在這裏，
風吹不到你，
雨打不著你，
好好地睡一覺吧！」
聽著媽咪的催眠曲，
小男孩滿意的睡去。

夢中，
一群落花，
哭泣著告訴他：

「我們沒有媽媽的保護，
受不了風吹雨打。
你有溫暖可愛的家，
在呵護下長大，
不要忘了孝順爸爸媽媽。」
小男孩從睡夢中醒來，
風停了，
雨也不下了，
跑到窗前，
把窗兒打開，
滿地落葉殘花。
啊！
那不正是我夢中的花嗎？
怎麼都掉落枝枒？
小男孩恍然大悟，

飛快的跑到媽咪身邊，
看著媽咪的眼睛，
用那童稚的聲音，
說：
「媽咪，我愛您！」

# 生命的緣故

把世界暫時託付給
紅色的管子吧！
在進進出出的流動裡
安心的舒洗……
也不記得有多少風雨晨昏
被呵護的暖室遷動
用
機器幫浦織錦的樂音
續寫
生活的腳步
時而　漾一彎
眉宇新月
時而　耘一畝

心田好夢……

偶爾的　掉壓　嘔吐　打哈欠

在身子裡　落款

讓天使們慢慢地擦拭吧

只留痕在記憶裡……

送走了不安分的離子

還一份潔淨的心情

想像一幕病中的趣味

陪一段

生命的美顏

只緣「腎」在「喜身」室中……

後記：在洗腎室中，看到伯伯、阿姨們，用溫柔寧靜敘寫容顏　，讓空氣清香團聚，也封閉怨懟與歎息。請容許我用旁觀的角度，幫他們的生命風景，開窗說話。

# 杉溪的故事

夜的山谷
吃下了碩大的黑黯
一切　都靜了……
只留　煙濛的微微騷動
陪伴子夜的
寂寞

早醒的鳥聲
召喚我的沉睡與默然
在身際複沓音節

五點的晨
一弧柔柔的下弦月
在天光未明的峰頂上
跳躍

杉溪的故事
在　日夜煙濛與風雲聲情裡
紛紛

# 遠颺的飛奔

風在午後掀我的夢
催醒
虛幻中的執著
帶著雙眸來到花田與軟泥構成的
春陸
眺望
不盡的野野青原與久未細讀的群芳故事
　　　　　那　滲入地平線下的遠綠
　　　　　和
擁入藍天的雲嵐
合唱
就足夠讓情緒

飛翔

牽動這一季緣份
將這顆如弦奏歌的心
用流淌的溪韻
畫一筆
遠颺的飛奔

# 心情包袱

飛翔
在藍色長空的晶亮裡
翩翩

休憩
在綠色精靈的懷抱裡
啾啾

用偶然凝佇的雙眸與足跡
冥合天地的籟音
把鳴鳥的旋律

裝滿自己的心情包袱
卻是越來越輕……
在隨緣的風景裡
敞開扉頁
記載美麗的故事

# 謝心

細數的生命交集
乘風　乘雲
而來
敲響邂逅的緣與圓

細畫的心語對話
纏日　繞月
而聚
溫潤相遇的心與馨

這一季暖冬
沒有若雲如畫的紛潔
卻

接受
信鴿的邀約
翱翔美麗如詩的藍天
感謝的真情
傳送每一顆赤子心

# 生命的清顏

在陽光下
點亮
綠色的清顏
接受晨風中微醺
一搖一搖地向遠方呼喊——
延
伸——
十里一色的畫布
任你
任我
在想像中馳騁與解釋
生命的劇本裡

有權利導一幕青山綠水
有權利演一齣碧藍晴天
面對春的構圖
讓昨日的不快逝去
換今日一長串的美麗節奏
在陽光下
舒服展翅

# 甜蜜的鑽石

暖暖的冬
屋外的風景把夕照的沉靜拉到我的腳前
而我用
迎接的飛奔
製　造　心　晴
卻怎麼也阻止不了閃耀金光的絲線
偷渡到山的弧形彎裡　安眠……
也只好停止失落
坐在鏡湖映晚霞的醉意裡
任由寂寂鐘聲入心

依然是和風來伴
在起霧的清原裡尋找詩的旋律

那稻子的舞姿忽然美到我的
凝眸裡來　順便把一身的喧囂疲憊
拋棄……

四週的顏色染成
星垂平野闊的輝煌
而我的身子滿是
甜蜜的鑽石

# 醍醐之飲

投影於菩薩跟前
沉個思
如草雜叢意念裡
生出
柔涼卻浩然的
翠柏
澈悟教我
在心裡藏一面鏡
重明
這難道不是一種
醍醐之飲？

註：在鎌倉大佛前參拜。

# 米老鼠邀約

把
遊戲的權利
放給
赤子的夢田
在我內心發酵
就等
美麗的期待
笑成一串串
久已不曾擁有的
音符

這米老鼠的邀約
像兒歌一般
喚醒童趣

註：在東京迪士尼樂園當一天的大孩子。

# 很久沒有遠渡

很久沒有遠渡——
很久沒有在鄉間裡　遠——渡——
從這一村踅到那一村

很久沒有遠渡——
很久沒有在夢田裡　遠——渡——
從年少遊移到成年

當綠色的簾帳
逐漸成為斑駁與蒼桑
任由
灰影的現身鞏固銅牆鐵壁
佔領眼底的　風光
我能在嘆息裡尋找什麼？
也只能在記憶裡去遠渡曾有的
顏色

# 深情記憶

火車在浪漫翠意的包圍裡
雕塑一線　長長的烙印
給風雨飄　也給心靈觀想……
那是十歲孩子夢中單純的景象

二十年後
火車在眼眸的綠影裡穿梭
寫下一筆　悠悠的奔狂
給日月看　也給歲月薰釀
那是三十歲青年逐漸複雜的生命之旅

依究在不變的色顏裡徘徊
來去之間
田園不再只是田園
而是故鄉中最深情的
記憶

# 諦聽

靜靜地
諦聽
用最簡單的輕笑與純心
和四季的風景　相會

笑顏的是　江上的風韻與沖岩的水鐘
繞耳的是　鷗鳥的呼喚與夏蟲的初唧
繡眼的是　遠山的雲嵐與近谷的淨綠
悅心的是　花蕊的芳潔與草綠的逐浪

重讀一段四季的故事
走進夏日的溫柔儷影
舞動豐逸的神采

任天藍和豔陽約定的款款深情
在我波心迤邐

只要閒靜地
諦聽
用最自然的吸吮與呼息
和天地的容顏
遨遊

# 雲影

秋天的風
把我的眼神送上天空
與雲朵戀愛

一隻
和家的距離拉遠了的
白鷺鷥
卻是漲起
自由的羽翼
闖入不該被打擾的畫布

那雲影
終究還是羞怯了
悄悄地在山顏的背後
躲成黑霧

# 天淨沙——鄉行

在幽幽小路間
行行復行行
佇腳在申與辰交接的寂寂裡
無法跨踰時間的鴻溝
任由景色在眼前現身——
爬滿綠的藤
依偎老樹的身子
用雁群點綴入夜前的昏黃

橋影如月一彎的淨色啊
淺水似眉一劃的絲愁啊
擁起我一團想家的城堡

依舊有風吹
依舊是人獨
依舊在小徑
鄉行

# 行過急水

行過那一彎急水後
我的腳
卻
　　擱——淺——了——

太陽讓水玻璃在我足下
旋轉
除此之外，
一切沈寂……

無意間——
靜止的聲符　被
鳥的哨音

溶解
而　色彩的紅
也移交給
溪與海匯聚的天口
且用雲飄來點綴……

這雕塑在夏日欲晚的　芳影
成為生命美麗的
指引與方向

# 水的悲歌

請幫我把把脈吧！
從前，
黃鶯在我身旁慢飛，
歌聲在空中輕迴。
小孩在我懷裏遊水，
濺起一朵朵小小白花，
開啓我的心扉。
捕魚船緩緩划過，
魚蝦正肥，
滿載而歸。
但是，
我漸漸地憔悴，
我的身體變成雜物堆，

我的血液變成黑水，
我受不了那繽紛的氣味
我忍不住要問：
究竟錯在誰？
請給我治治病吧！
或許，
我已有不少年歲，
或許，
醫療費是一大筆花費，
但是，無論如何
請您一定要盡力挽回，
挽回我失落的美。
請救救我吧！
讓我在生命中，
再現另一道光輝！

# 蟬韻

那嘹喨的歌手
停下翅膀
歇息在綠蔭間
與
星辰對話
和
微風唱和
黑褐色的身子
綴著 銀白色的絨毛
讓三對橙色的腳
在夏天的舞臺上
驕傲
卻也是炎炎風景中

必讀的
詩畫
別躲在靜寂的熱燥
把絢爛的心情交給　迴旋的大合唱去
飄　響……

# 遠山

聽不到風的微語
只看見雲堆睡在蒼穹樹嶺間　甜蜜
而　妳的原始與未來
只託付給天地去建築
而　雨來水去
嵐煙飄悠
收放的淡泊賦予寧靜去吸飲
而　我在無盡的遙望裡遠渡
讀山……
吸吮

遠綠的雕痕
而　那拋了一天地的閒靜與風景
遼
闊
種出一際
茫遠的
長
城……

# 唱詩的運河

我踏著車嘯而來
太陽也跟蹤到
雲淡風輕的
南方

運河不是運河
卻
蘊——出了許多
美麗而熱絡的
心——河

我在
水舞的律動裡
唱歌
為秀出朵朵春顏的愛
鼓掌

# 心語——想念奶奶

我
推呀推開那一扇傾圮的矮門
用手去伸展回憶的觸鬚
任狗
吠呀吠地由遠拉近
用警衛的機靈　與
守候蒼涼的
眼睛
我
顫呀顫抖著腳步
往無聲的默然走去
又
撥呀撥動濃綠的黯影叢叢

試圖
尋呀尋那隱藏了的
繁華曾經
卻只能
傷呀傷著歲月的
滄桑　與
不堪的故事……
微風
飄呀飄來低迴繾綣的話痕
殘葉
落呀落地悠悠旋舞
我
流呀流在時光的
過往與現境

眼前　泛起奶奶臉上
溫柔的皺紋
把
淚呀淚凝在無法傾訴的
心語……

# 北國之約

抛風的翅
載入夢的約定
啓航
用閒情逸緻
舒放心弦的緊密
北國的千里清霜

正預備
迎接我
尋春的檢閱
以小寒斜風之姿……

# 雨中函館

適合讀一闋詞
在函館之風裡
甦醒過來
找尋渴望的浪漫
沐浴在古典與現代的
和諧
配以水漩
用疏落的悠悠或
高密度的滴答
正好教
心底的無聲風鈴
迴盪蜿蜒
纏繞成夢

# 小樽唱歌

硝子和運河的邂逅
交錯著小樽的
美感

人在運河退了潮
卻在玻璃館聚成沙

我在街路裡
搜集市鎮的一切
順便加入自己
主觀而朗笑的心靈泅泳

生命的恆常平凡
總有柔心繾綣
許我一首
小樽的詩歌

# 靜看海岸線

函館的雪
哭濕了晨
卻又晴了我的心跳
火車如風球般被擲出了城市
沒有回頭

我只能
靜看水湧
靜看海岸線
移過津輕峽灣的生命之淵
讓初春北海道的最後情景
在心裡浮旋

# 娉婷嬝嬝的季節

一襲冰語的薄韻
浮水
和駒之岳的傲雪
合唱
　白色交響曲

猶不容許
大沼與小沼的似水柔情
吟唱早春之初啼婉約

這樣也好
就讓爭色的華采
喘個息

等待
即將甦醒
娉婷嫋嫋的季節

註：大沼、小沼公園在函館郊外，近山名爲駒之岳。

# 札幌閒步

畢竟還是旅遊
怎麼可以
保持緘默
把
踏街與叫嚷的熱鬧
廢除？

但策身入城
也不過是棋盤裡的一顆子
無法自由交錯縱橫
也只好把札幌的版圖
交給心去佔領
直到太陽昏了黃

才驚覺
一天已被偷盜
而我猶想用日記尋回
在步行中
失蹤的時間

# 用心讀風景

沒有稚內公園的巡邏
沒有禮文利尻的凝眺
沒有宗谷之岬的攬景
我卻開始談起稚內

沒有貼步之路的春情
沒有美瑛之丘的觀豔
沒有四季之森的踏行
我卻開始讚起美瑛

不必然要一夜的旅宿
才能知曉
逐漸綻放的春情
開啓遊行的心
就能把親眼所見的風光
延
長

註：禮文、利尻是北海道稚內外海的兩大離島。

# 醉

而雪
在美學的國度裡
鑲嵌無數晶瑩剔透的冰寶石
淨素白肌的顏
像詩

而詩也
織就一匹匹生命的布錦
簇擁優佳良的登高
從冬　一路鋪陳到
春天

而春天也
跨越了經緯
訴說著
織染的世界也是一種
愛

而我的愛
已醉在天涯

註：「優佳良織」是北海道十分高級的織繡製品。

# 雪色

夜色開雨
雨送走夜
日本的天
許我第一眼的白
在北海道

節候猶是天寒好個春
不忍冬的純淨
褪色
更把浮雲請到門庭與街道
泊起雪來
從道西瀰漫到道東……

煙在晴韻中游牧
晴在雪色中晶瑩
我在煙晴的相遇裡
用眸光框取
這
冷酷而傲立的荒野

# 丹頂鶴公園

遙遠的雪原
像染白的城堡
是我獨霸的佔領區
國寶級丹頂鶴的數量再國寶
那比得了孤獨的我唯一的孤獨？

但　弔詭的是
你們怎知
我沒有被丹頂鶴的眼神
　　被丹頂鶴加烏鴉的眼神
　被丹頂鶴加烏鴉加鴿子的眼神
聚　成　焦　點？

我昂首而放歌
　卻又收斂而沉默……
我無懼而狂妄
　卻又瑟縮而謙卑……

邂逅
像推開一扇窗
把風景忖思遍遍
在春猶冬寒的
北海道

# 永恆的展開

春裡的雲
熙攘一境天涯
在心囊滿載中
枕眠
所有的滿足已收容在此
就等回家的分類再次閱讀
偷閒半月漁樵
在微瀾與滄海之間
涉去又復涉來

遼闊的夢寐
猶未結業
只想再繼續一場場
永恆的展開

國家圖書館出版品預行編目資料

溫潤的季節風／王隆升著. -- 初版 -- 臺北市：
萬卷樓, 2004〔民93〕
面； 公分
ISBN 957-739-482-5（平裝）

851.486 93004957

**溫潤的季節風**

著　　者：王隆升
發 行 人：楊愛民
出 版 者：萬卷樓圖書股份有限公司
台北市羅斯福路二段41號6樓之3
電話：（02）23216565・23952992
傳真：（02）23944113
劃撥帳號15624015
出版登記證：新聞局局版臺業字第5655號
網　　址：http//www.wanjuan.com.tw
E—mail　：wanjuan@tpts5.seed.net.tw
經 銷 代 理：紅螞蟻圖書有限公司
臺北市內湖區舊宗路二段121巷28號4樓
電話（02）27953656（代表號）傳真（02）27954100
E—mail　：red0511@ms51.hinet.net
定　　價：160元
初 版 日 期： 2004年4月初版